10 CENTIMES.

TROIS

GAUDRIOLES

DÉDIÉES

AUX AMIS DE LA VIEILLE GAITÉ FRANÇAISE

PAR

VICTOR BARBIER

TYPOGRAPHE,

PARIS.

CHEZ TOUS LES MARCHANDS DE NOUVEAUTÉS
, LITTÉRAIRES.

—

10 Février 1844.

TROIS GAUDRIOLES.

IMP. BÉNARD ET COMP., PASS. DU CAIRE, 2.

TROIS

GAUDRIOLES

PAR

VICTOR BARBIER

TYPOGRAPHE.

Honny soit qui mal y pense.

PARIS.

CHEZ TOUS LES MARCHANDS DE NOUVEAUTÉS
LITTÉRAIRES.

—

10 Février 1844.

LE

PÉCHEUR

ENDURCI.

Air : Deguisez vous (bis).

Lorsqu'un prêtre à face normande,
Du haut du prêche nous gourmande,
Et nous dit d'un ton d'*oremus :*
    Ne péchez plus !
Je me ris de l'homme d'église ;
Et, friand des biens qu'il déprise,
Jusqu'au dernier de mes beaux jours,
    Je pécherai toujours.

Qu'un vieux médecin sec et blême,
Pour me rendre comme lui-même,
Me dise en termes biscornus :
    Ne péchez plus !
Peu jaloux de sa triste mine,
Je réponds : Tant que la cuisine
Me sera de quelque secours,
    Je pécherai toujours !

Ou bien qu'un buveur de tisane
Me dise : Le vin rend profane,
Et son usage est un abus :
    Ne péchez plus !
Méprisant sa vaine colère,
Et sûr de trouver dans mon verre
Une réplique à ses discours,
    Je pécherai toujours !

Quand certaine dame, prudente
Lorsque sa vertu la tourmente,
Me dit, redoutant le... blocus :
    Ne péchez plus !

Je lui réponds : Ma toute belle,
Tant que votre noire prunelle
Sera le miroir des amours,
   Je pécherai toujours !

Cependant un sot qui s'éveille
Vient tout bas me dire à l'oreille :
Partout les railleurs sont mal vus :
   Ne péchez plus !
Mais tant que les gens de sa sorte,
Introduits par la grande porte,
Formeront l'élite des cours,
   Je pécherai toujours !

Et puisque une vieille maxime
Dit qu'un péché n'est pas un crime,
Oublions ces mots superflus :
   Ne péchez plus !
Et, du choc joyeux de nos verres
Étourdissant les plus sévères,
Chantons jusqu'à les rendre sourds :
   Nous pécherons toujours !

❀

PETITE PHYSIOLOGIE

DE

LA FEMME.

Air : Jocrisse (bis) !

La femme,
C'est un enfant,
C'est un serpent ;
La femme,
C'est un serpent !

Je voudrais chanter le beau sexe ;
Mais, dans sa nature complexe,
Je vois tant de mal, tant de bien,
Que, ma foi, je n'y comprends rien.
La femme, etc.

Lorsque je vois tous ses caprices,
Ses artifices, ses malices ;
Sa tendresse, son devoûment,
Je ne puis que dire : Ah, vraiment !
La femme, etc.

Tantôt c'est un guide céleste ;
Tantôt c'est un tyran funeste ;
C'est une fée, un vrai dragon ;
C'est un ange, c'est un démon !
La femme, etc.

C'est la vierge au regard timide ;
C'est la coquette au cœur aride ;
C'est la prude toujours blâmant,
Et qui pourtant cherche un amant.
La femme, etc.

L'une est gourmande et curieuse ;
L'autre est colère, impérieuse ;
A médire une autre se plaît :
L'une dit du mal, l'autre en fait !
La femme, etc.

L'une est sage quoique légère ;
L'autre est perfide quoiqu'austère ;
L'une est fidèle en ses amours ;
L'autre en change tous les huit jours.
　　　La femme, etc.

Ici la chaste Éléonore
Repousse un amant qui l'adore,
Et veut garder tous ses appas
Pour un fat qui ne l'aime pas.
　　　La femme, etc.

Là c'est une infidèle épouse,
Qui tout à coup devient jalouse,
Et n'a plus l'esprit occupé
Que du mari qu'elle a dupé.
　　　La femme, etc.

Armide est une enchanteresse
Qui vous attire et vous caresse ;
Mais sa beauté cache un écueil :
Tout son amour, c'est de l'orgueil !
　　　La femme, etc.

Camille est une femme forte,
Qui met les amants à la porte ;
Car son cœur, inflexible encor,
Ne veut céder..... qu'au poids de l'or !
        La femme, etc.

C'est à Paris surtout qu'on prise
Cette bizarre marchandise ;
Mais, pour choisir dans ce bazar,
On est bien embarrassé, car
        La femme, etc.

Est-ce à dire qu'il soit plus sage
De ne jamais en faire usage ?
Non ; mais cela n'empêche pas
De répéter souvent tout bas :
        La femme,
      C'est un enfant,
      C'est un serpent ;
        La femme,
      C'est un serpent !

LA

PRUDE.

————o————

.

Air

Monsieur, laissons, s'il vous plaît,
L'amour que je vous inspire.
Votre audace me déplaît,
Et vos discours me font rire.
   Allons, finissez !
Monsieur, j'ai beau vous le dire.
   Allons, finissez !
Toujours vous recommencez.

Pourquoi me parler tout bas
Des charmes de mon corsage ?
Monsieur, si j'ai des appas,
Ce n'est point pour votre usage.
   Allons, finissez !
Vous dérangez mon ouvrage.
   Allons, finissez !
Toujours vous recommencez.

Mais retirez donc vos mains,
Monsieur, je vous le répète.
Pour les jeunes libertins
Pensez-vous que je sois faite ?
   Allons, finissez !
Je suis une fille honnête.
   Allons, finissez !
Toujours vous recommencez.

Comment, je vous fais affront,
Et, tandis que je travaille,
Vous avez encor le front
De me prendre par la taille ?

Allons, finissez !
Croyez-vous donc que je raille ?
Allons, finissez !
Toujours vous recommencez.

Vous aurez beau me prier,
Je serai toujours farouche.
Quoi ! vous osez essayer
De m'embrasser sur la bouche ?
Allons, finissez !
Je n'aime pas qu'on me touche.
Allons, finissez !
Toujours vous recommencez.

Votre main sous mon mouchoir !
Ah ! c'est par trop téméraire.
Vous dites que c'est pour voir
Si les deux font bien la paire ?...
Allons, finissez !
Je vais me mettre en colère.
Allons, finissez !
Toujours vous recommencez.

Qu'entends-je? Rien n'est si doux
Que le plaisir qu'on dérobe !
Avec moi, prétendez-vous
Faire ainsi le tour..... du globe ?
    Allons, finissez !
Vous me chiffonnez ma robe.
    Allons, finissez !
Toujours vous recommencez.

Je ne sais quel tour il fit ;
Mais, dans mon incertitude,
Si j'en crois ce qu'on m'a dit,
La leçon fut un peu rude.
    Allons... finissez !
Soupirait la pauvre prude.
    Allons... finissez.....
Toujours vous recommencez.

𝔓𝔯𝔢𝔪𝔦𝔢𝔯𝔢 𝔓𝔲𝔟𝔩𝔦𝔠𝔞𝔱𝔦𝔬𝔫 𝔡𝔢 𝔩'𝔄𝔲𝔱𝔢𝔲𝔯.

—

ORAISON FUNÈBRE

D'ADOLPHE BOYER

Novembre 1841.

Un joli in-32 jésus. — Prix : 25 c.

𝔓𝔬𝔲𝔯 𝔭𝔞𝔯𝔞𝔦𝔱𝔯𝔢 𝔭𝔯𝔬𝔠𝔥𝔞𝔦𝔫𝔢𝔪𝔢𝔫𝔱 :

—

LE MONUMENT

DE

MOLIÈRE

POÈME

AVEC DES NOTES HISTORIQUES.

—

Imp. BÉNARD et Cᵉ, passage du Caire, 2.